AF464980

67

LES QUATRE MARIAMNES,

OPERA COMIQUE

Repréſenté pour la premiere fois le Jeudy premier Mars mil ſept cens vingt-cinq, à la ſuite de l'Audience du Temps & de Pierrot Perrette.

A PARIS,

Chez FRANÇOIS FLAHAUT, Libraire, Quay des Auguſtins, du côté du Pont S. Michel, au Roi de Portugal.

M. DCC. XXV.

ACTEURS.

L'HIVER,

L'HEURE de la Comedie.

MARIAMNE l'inconnuë.

MARIAMNE la jeune.

ALEXANDRE son Fils.

MARIAMNE VARUS, ou l'Etourdie.

MARIAMNE la vieille.

VARUS.

La Scene est au Bois de Boulogne.

LES QUATRE MARIAMNES,

OPERA COMIQUE.

Le Théatre représente le Bois de Boulogne.

SCENE PREMIERE.

L'HIVER, L'HEURE de la Comédie.

L'HEURE de la Comédie *à part.*

ENfin, me voilà quitte de toutes mes fonctions de la journée : l'Audience du Temps

Piéce qui precedoit les quatre Mariamnes & dont le divertiſſement raſſembloit, les Saiſons, les Heures, & autres de la ſuite du Tems.

* eſt finie, & le divertiſſeme
qui la ſuivoit l'eſt auſſi.... O
oh ! où court l'Hiver ? l'Hi
me paroît bien échauffé !

L'HIVER *à part.*

N'eſt-ce pas là une des H
res qui accompagnoient l'O
ſion à l'Audience du Temps ? O
c'eſt-là une Heure, & une He
de la connoiſſanee de l'Hiv
c'eſt l'Heure de la Comédie

L'HEURE de la Comédie

Que cherchez-vous flegm
que & joyeux Hiver ?

Air. Reveillez-vous, &c.

Pere des feſtins, & des glaces
Dans vos diverſes, fonctions,
Nous voyons voler ſur vos tra
Les plaiſirs & les fluxions.

L'HIVER.

Ecoutez-moi, charmante H

re de la Comédie ; quoique l'Ocasion ait fini son Audience, il vient d'arriver des clientes qu'elle ne peut refuser.

L'HEURE de la Comédie.

Oh ! puisque c'est ici le Bois de Boulogne, que ces Clientes-là s'aillent promener.

L'HIVER. *Air des Trembleurs.*

Ce sont Dames d'importance
Qui demandent audience
Et même avec grande instance ;
Leur affaire sûrement
Est ici de competence,
Car elles parloient, je pense,
De loyers & d'écheance
Et de demenagement.

L'HEURE de la Comédie.

De demenagement !

L'HIVER.

Oüi, & même de demenagement brusqué.

L'HEURE de la Comédie.

De demenagement brusque fi donc, je crois que la réputation de vos Dames, ne flair pas comme beaume, dans quartier du Palais Royal!

L'HIVER.

Tenez voilà une de ces Pelerines verifiez vos conjectures.

Air. Allons à la guinguette allons

Et moi je cours, morbleu
Au feu, au feu,
Je cours gagner le coin du feu.

SCENE DEUXIE'ME.

L'Heure de la Comédie, Mariamne l'inconnuë ave une Cape Bretone, & un demi-masque de velour noir.

L'HEURE de la Comédie.

Que demandez-vous gentille Bretone ?

MARIAMNE l'inconnuë.

Air. Il y a trente ans que mon Cotillon traîne.

Il y a bien loin de chez nous en Bretagne :
Il y a bien loin de Bretagne chez nous.

Air. Cruelle départie.

Vous voyez Mariamne....

L'HEURE de la Comédie.

Celle qui depuis peu
Le Parterre condamne
Malgré tout son beau jeu.

MARIAMNE l'inconnuë.

Eh ! non, je suis la premiere des Mariamnes modernes, celle qu'on nomme Mariamne l'inconnuë, à cause du soin que je prens de me cacher. Le public ne m'a pas encore fait d'affront.

L'HEURE de la Comédie.

C'est qu'il ne vous a pas encore vû ; eh ! bien Mariamne l'inconnuë, contez-moi vos peines.

MARIAMNE l'inconnuë.

Air. Tout cela m'est indifferent.

Il est au Fauxbourg Saint Germain

Un grand Hôtel * d'un goût romain,
En foule dans cette retraite
Tout Paris cherche le couvert.

* L'Hôtel de la Comédie françoise, où cette Mariamne inconnuë a été lûë & refusée.

L'HEURE de la Comédie.

De cet Hôtel plus d'un Poëte
A fait bien souvent un desert.

MARIAMNE l'inconnuë.

Helas! je suis la premiere Mariamne moderne qui ait pensé à m'y loger.

L'HEURE de la Comédie.

Vous n'avez donc pas encore aporté vos meubles héroïques dans ce grand Hôtel, qui est tantôt bien & tantôt mal garni ?

MARIAMNE l'inconnuë.

Vous y êtes.

Air. Comme un Coucou, &c.

Vous avez compris mon affaire,

Cet Hôtel qui me plaît si fort
A vingt principaux locataires
Qui sont tres-rarement d'accord.

L'HEURE de la Comédie.

Vous avez eu envie de passer un petit bail avec eux?

MARIAMNE l'inconnuë.

Oüi. Un jour après m'être parée extraordinairement, j'allai me présenter à ces Messieurs assemblez en grand Comité. D'abord ils me reçûrent tres-poliment; mais dès que je leur eus debité ce que j'avois à leur dire, ils se recrierent tous d'un ton noblement goguenard.

Air. Ah! vous avez bon air.

Allons, décampez vîte,
Allons décampez vîte,
Vous n'aurez pas un giste
Dans cet Hôtel-ci.
Ah! vous avez bon air,
Ah! vous avez bon air,

Ah ! vous avez bon air
Pour paroître ici !

Le beau compliment !

L'HEURE de la Comedie.

Air. J'en connois bien d'autres.

(*bas*) Peut-être est du.
(*haut*) J'en connois, j'en connois
J'en connois bien d'autres
Qui l'ont entendu.

MARIAMNE l'inconnuë.

Air de Joconde.

Depuis cet impoli congé
Ces hôteliers profanes
A leur malheur ont hébergé
Deux foles Mariamnes
Me refuser le logement !
L'insulte étoit grossiere....

L'HEURE de la Comedie.

Vôtre conduite apparemment
N'étoit pas reguliere.

MARIAMNE l'inconnuë.

Oh! je ferai voir de quel bois je me chauffe.... mais j'apperçois Mariamne, la nouvelle débalée, elle est conduite par son beneſt de fils Alexandre, je vais me cacher pour entendre ce qu'elle dira.

L'HEURE de la Comedie.

Air. Quand le péril est agreable.

Vous vous cachez donc pour apprendre
Ce qu'elle vient ici chanter.
Moi, je vais plus loin m'écarter
Pour ne la plus entendre.

SCENE III.

MARIAMNE la jeune, *soûtenuë par son fils Alexandre.*

MARIAMNE la jeune.

Declame

Soûtenez-moi mon fils, je meurs encore d'effroi !
Et mes genoux tremblans se dérobent sous moi.
Juste Ciel !

ALEXANDRE.

Jarnigoton !

MARIAMNE la jeune.

Air. Je suis fils d'Ulisse moi.

Mes ennemis ont enfin sçû m'abattre
Oh ! quelle trahison !
Mais mon enfant a fait le diable à quatre
Oh ! le joli garçon !

ALEXANDRE.

Chere maman, je devois vous défendre
Je suis Alexandre, moi,
Je suis Alexandre.

MARIAMNE la jeune.

Avec quelle dureté on nous a fait déloger du Fauxbourg S. Germain!

Air. Tu croyois en aimant colette.

En vain j'ai voulu tenir ferme,
On nous fait pis qu'à des bourgeois.
Loin d'achever au moins le terme,
Nous n'avons pû finir le mois.

Je sçai les projets d'une certaine Mariamne étourdie, qui prétend revenir occuper avec son galant Varus l'Apartement que je quitte malgré moi.

ALEXANDRE.

Oh! je les en ferai sortir à coups de poing. *

* Geste d'un Comedien.

MARIAMNE la jeune.

Air. Oreguingué olonlanla.

Je te connois mon cher enfant
D'un naturel tres-excellent
O reguingué ô lonlanla,
Je t'ai vû pour sauver ta Mere
Cent fois prêt à battre ton Pere.

Quelle Princesse vientici? observons-là.

SCENE IV.

MARIAMNE la jeune, *soûtenuë par son fils Alexandre.*

MARIAMNE l'étourdie *en bequilles.* VARUS.

MARIANNE l'étourdie *à part à Varus.*

Allez Seigneur Varus, allez de grace vous informer si le temps est enfin disposé à rendre justice à mes charmes. Je vais en vous attendant faire ici un tour, & me rajuster un peu. *

Varus sort.

MARIAMNE la jeune, *à part.*

Il y a plus d'un an qu'elle est à se rajuster, sans en pouvoir venir à son honneur.

MARIAMNE

MARIAMNE l'étourdie *à part ſe mirant après s'être rajuſtée.*

Oh! pour moi, je ſuis ſans contredit la plus belle des Mariamnes, mon Pere du Parnaſſe me le dit tous les jours, & il le dit comme il le penſe. Quant à la Mariamne qui s'eſt intruſe dans l'Hôtel où j'ai hipoteque.

Air. Laſſon bredondaine.

Foin de la ſotte reine
Laſſi laſſon laſſon bredondaine,
Foin de la ſotte reine
De ſon beneſt de fils;
Que dit-il? que dit-on?
Patati, pataton,
De ſon beneſt de fils
De ſon beneſt de fils.

ALEXANDRE *à part à ſa Mere.*

Elle parle de nous.

MARIAMNE la jeune.

C'eſt Mariamne l'étourdie,

évitons-là, elle eſt d'une vivacité qui paſſe quelquefois les bornes.

MARIAMNE l'étourdie.

Parlez donc, Madame... eh! c'eſt la Mariamne qui m'a délogée avec ſon grand Alexandre!

MARIAMNE la jeune.

Ne vous mocquez pas tant de mon fils, il eſt moins ridicule que vôtre Varus, que vôtre romain Gaſcon.

MARIAMNE l'étourdie.

Si mon Varus eſt gaſcon, vôtre Alexandre eſt picard. C'eſt un petit mutin qui prenoit brutalement vôtre parti contre la ſœur de vôtre Epoux, quand elle lui mettoit martel en tête ſur vôtre compte. Je ſçai de bonne part que ce mignon-là ne faiſoit que chanter à chaque Scene.

Air.

De necessité necessitante
Il faut que je rosse un peu ma tante,
Car, elle dit par tout que ma mere
A bien fait cocu mon pauvre Pere.

ALEXANDRE *riant.*

Cela est vrai, cela est vrai.

MARIAMNE l'étourdie.

C'est donc vous ma petite reine de carreau, qui avez osé entrer dans un Hôtel que je m'étois destiné?

MARIAMNE la jeune.

Vous ne devriez pas avoir envie d'y retourner; on y reçoit quelquefois mal les reines, avoüez la verité.

MARIAMNE l'étourdie.

Infandum Regina jubes renovare dolorem.

MARIAMNE la jeune *à part.*

Elle parle latin ! c'eſt aparemment ſon galant Varus qui le lui a appris.

MARIAMNE l'étourdie.

Je ne me ſouviens que trop du funeſte ſoir où j'entrai dans cet Hôtel maudit.

Air. Reveillez-vous, &c.

Un mouchoir pour ma contenance
Voiloit quelquefois mes yeux doux;
Je donnois marchant en cadence
Un noble branle à mes genoux.

Juſtes Dieux! j'arrive enfin dans cet Hôtel, attenduë par une foule curieuſe.

Air. Je ne ſuis né ni Roi ni Prince.

Le peuple admire mon bagage
A cinq heures, je m'emmenage;
Dieu ſçait comme on me reſpecta
Auſſitôt qu'on me vit paroître,
Avant huit heures, on jetta
Tous mes meubles par la feneſtre.

MARIAMNE la jeune.

Air. Amis ſans regreter Paris.

C'eſt un peu trop vous outrager;
Quoi donc faire tapage?
Ce n'eſt pas là demenager
En Princeſſe bien ſage.

MARIAMNE l'étourdie.

Air. Belle brune.

C'eſt la pelle, c'eſt la pelle
Qui ſe mocque du fourgon
Quand vous me raillez la belle.

Air. Charivari.

On diroit à vous entendre
Que vos voiſins

Chez vous ont été se rendre
Battant des mains
N'avez-vous pas souffert aussi
Charivari.

MARIAMNE la jeune.

J'ai un avantage sur vous ; on ne m'a signifié mon congé que le quatriéme jour, & vous l'avez reçû vous dès le premier.

MARIAMNE l'étourdie.

Air. Marote fait bien la fiere.

Madame fait bien la fiere
Pour trois jours de plus qu'elle a.

MARIAMNE la jeune.

Je ne serois pas tombée sitôt, si vous & vos amis ne m'aviez pas poussé malignement. *

Lazides coups de coudes.

MARIAMNE l'étourdie.

Oh ! oh ! comme vous vous démenez ! vous vous remuez autant que vos domestiques.

Air du Cap de Bonne-Esperance.

Tres-prodigues de voyages
Vous avez mis sur les dents
Par frequens & prompts messages
Un peuple de confidens ;
On les voyoit ma Princesse
Aller & venir sans cesse
Et pour ne dire qu'un mot
Troter comme pois en pot.

Vous-même, Madame, vous-même, vôtre Mari vous renvoyoit, & vous rapelloit, vous rebutoit & vous caressoit sans ceremonie, comme un petit toutou.

Air des rondes tome premier page 60.

N'en doutez point ma reine
Tres-fort on vous railla la la.
Lorsqu'étant sur la Scene
Couriez deçà delà la la
Quel plaisir pour moi ? que n'étois-je là, la la la
Que n'étois-je là ?

MARIAMNE la jeune.

Vers chanté par Armide.

J'ai crû vous voir, j'en ai frémi!

MARIAMNE l'étourdie *riant*.

Vous ne vous êtes point trompée, j'étois aux troisiémes Loges d'où j'examinois vôtre contenance, & où je joüissois delicieusement de vos affronts.

MARIAMNE la jeune.

Quoique disent vos partisans, ma conduite est plus sensée que la vôtre....

MARIAMNE l'étourdie.

Toute prude que vous affectez de paroître, vous ne haïssez pas les profits du mariage. On a été un peu scandalisé des doléances que vous faisiez au retour de vôtre bourru de mari.

MARIAMNE

MARIAMNE la jeune.

Je me plaignois de ses barbaries.

MARIAMNE l'étourdie.

A d'autres.

MARIAMNE la jeune.

Expliquez-vous.

MARIAMNE l'étourdie.

Air. Flon flon.

Vous pleuriez avec rage
De ce que vôtre époux
Venant d'un long voyage
Ne chantoit pas chez vous,
Et flon flon larira dondaine
Flon flon flon larira dondon.

SCENE V.

MARIAMNE la jeune, MARIAMNE l'étourdie, ALEXANDRE, MARIAMNE l'inconnuë.

MARIAMNE l'inconnuë *à part.*

Je perds patience; il faut que je me mêle à leur conversation, & que je les releve de la belle maniere.

(*haut.*) Hola, més Dames les Mariamnes de nouvelle fabrique, & non pas de nouvelle édition; car je ne crois pas qu'il y ait de Libraire assez hardy pour vous relier seulement en parchemin. Regardez-moi.

Air. Vrayment ma comere oüi.

Je ſuis Mariamne auſſi.

MARIAMNE l'étourdie.

Vrayment ma comere oüi !

MARIAMNE l'inconnuë.

Sur vous j'aurai la victoire,

LES DEUX MARIAMNES & ALEXANDRE.

Vrayment ma comere voire,
Vrayment ma comere oüi.

SCENE VI.

MARIAMNE la jeune.
ALEXANDRE son fils.
MARIAMNE l'étourdie.
MARIAMNE l'inconnuë.
& MARIAMNE la vieille.

MARIAMNE la vieille *déclamant.*

Fantômes ennuyeux qui troublez mon repos,
Ne renouvellez plus vos insolens propos.

MARIAMNE l'inconnuë.

A qui en a cette sempiternelle? je n'aime point l'antiquité moi.

MARIAMNE la vieille.

Taisez-vous précieuse ; vous

devez me respecter ; c'est moi qui suis la Véritable, c'est moi qui suis la Mariamne de Tristan l'Hermite, la Mariamne propriétaire de cet Hôtel que vous vous entre-disputez follement.

Air des Trembleurs.

Oüi, cette sempiternelle
Est Mariamne la belle,
Qui malgré vôtre sequelle
Soûtiendra toûjours ses droits :
Têtes de bon sens tres-vuides,
Moi j'ai des beautez solides,
Je prétens malgré mes rides
Vous effacer toutes trois.

MARIAMNE la jeune.

Quoi encore une Mariamne ?

MARIAMNE l'inconnuë.

Je crois qu'il en pleut.

MARIAMNE l'étourdie *chante.*

Ah ! mon Dieu que de Mariamnes
Que l'on voit ici !

MARIAMNE la vieille.

Il y a près de cent ans que je rode par le monde, & que je me requinque sur les Théatres, & ce neanmoins je suis encore plus fraîche qu'un gardon; & je vous baillerois bien vôtre reste, sussiez-vous la demie-douzaine.

MARIAMNE l'étourdie.

A! voyez donc cette bonne grande mere
Ah voyez donc, avec son vieux jargon!

MARIAMNE la vieille.

Mon jargon! mon jargon est de meilleur alloy que le clinquant de vos Poësies modernes. Vous avez beau vous faire prôner, mes Dames les pimpantes.

Air. C'est parler françois.

Depuis un siécle je sçai plaire
Avec mon stile de grand'mere
En parlant gaulois.
Et vous qui promettiez merveilles,
Vous nous écorchez les oreilles
En parlant françois.

MARIAMNE l'étourdie.

Air.

La Verte jeunesse
Qui tourne à tout vent,
Doit charmer sans cesse
Le siécle présent....

MARIAMNE la vieille.

Voyez un peu la belle jeunesse! comme les voilà accoutrées avec leurs emplâtres! elles ont l'air de deux momies!

Air. Allons gai.

L'accolade gentille!
L'une a besoin d'un bras,

L'autre d'nne béquille,
Moi, je fais tous mes pas
D'un air gay, toûjours gay, allons
gay, &c.

MARIAMNE l'inconnuë.

Cette vieille a encore bien de la vigueur.

MARIAMNE la vieille.

Vous en enragez toutes tant que vous êtes. Oh! que vous en direz de bonnes quand je serai partie! que vous allez bien vous ébaudir & caqueter; car enfin, mes Dames les nouvelles Mariamnes, vous êtes coûtumieres du fait; on dit que toutes vos Scenes ne font que des raports, des tracasseries & des chuchottemens; des domestiques babillards, un vieux mari jaloux, une belle sœur trigaude; oüi, vous n'êtes que des ranches commeres.

MARIAMNE l'étourdie.

Oh ! la méchante vieille !

MARIAMNE la vieille.

Croyez-moi, ne vous impatronisez plus dans un Hôtel qui me convient mieux qu'à des Princesses démentibulées. Je ne vis oncques testonner des Dames comme l'avez été ! on compteroit encore sur vos côtes les horions que vous a baillé le parterre.

MARIAMNE la jeune.

Il est vrai que je ne suis pas encore bien remise de la chûte que je fis le premier jour de mon emmenagement.

MARIAMNE la vieille.

Que vôtre demenagement suivit bientôt.

MARIAMNE la jeune.

Air. Je n'ai pas le pouvoir.

Je fis en entrant à l'Hôtel
Un faux pas tres-cruel *bis.*
Je me relevai dans l'inſtant....

MARIAMNE la vieille.

Mais ce fut en boitant. *bis.*

MARIAMNE l'étourdie.

Oh! moi, j'ai été plus prudente que cela: je fis à peu près la même chûte un an auparavant, mais je reſolus d'abord de ne me point remontrer que je ne fuſſe guerie radicalement de mes contuſions.

Air. lonla.

Depuis mon triſte accident
Un jeune homme tres-ardent
C'eſt mon medecin
Vif comme un lutin,

Ses Vers ſont admirables....

MARIAMNE la vieille.

Il vous médicamente en vain,
Allez aux Incurables
Lonla
Allez aux Incurables.

Certes Madame Varus, ſi vous oſez reparoître devant les connoiſſeurs, vous ſerez honnie. Le parterre n'aime pas les beautez replâtrées, s'il vous revoit jamais, il s'écrira.

Air. J'en avons tant ris.

Mariamne revient ici,
J'en avons tant ris.
Oh ! qu'elle a le teint recrepy !
Elle croit qu'on l'adore !
J'en avons tant ris,
J'en rirons bien encore.

MARIAMNE l'étourdie.

Madame la Sibille gardez vos prédictions.

Air. Tretin tretous.

A qui puis-je déplaire
Grand'mere
Si ce n'est à des foux ?

MARIAMNE la jeune.

Je dis la même chanson.

Continuant l'air.

A qui puis-je déplaire,

MARIAMNE la vieille.

Et c'est à tretin treti,
C'est à tretin tretous
Et c'est à tretin tretous. *

SCENE VII.

MARIAMNE l'inconnuë,
MARIAMNE la jeune,
ALEXANDRE son fils.
MARIAMNE l'étourdie.

MARIAMNE l'inconnuë.

Au moins mes Dames, cette bisayeule-là, ne craint pas la jeunesse.

MARIAMNE l'étourdie.

Oh! la bisayeule à beau caqueter :

Air. Je suis Madelon friquet.

Je suis Mariamne friquet
Et je connois tout mon merite;
Je suis Mariamne friquet
Et je me mocque du caquet.

Oüi, je rentrerai dans l'Hôtel d'où on m'a chassée.

MARIAMNE la jeune.

Et moi aussi.

MARIAMNE l'inconnuë.

Croyez-vous mes Reines détrônées que je cede ma part de cet Hôtel ?

MARIAMNE l'étourdie.

Eh fi donc !

Air. Ma pinte & ma mie ô gué.

C'est moi qu'on y reverra
En grande Princesse :
A la porte l'on fera
Une grosse presse :
Ma clique s'y trouvera,
Comme à la Foire on criera
Suivez la noblesse
ô gué
Suivez la noblesse.

Plus de discours. J'ai pris mes mesures pour mon remmenagement.

Air. Tu croyois en aimant colette.

J'ai prévenu mon maître Jacques
Pour faire préparer le lieu :
Et pour le terme d'après Pâques
J'ai donné le dernier adieu.

Canon. *Laissez-moi m'enyvrer en paix.*

Laissez-moi m'établir en paix
Culbute, culbute, culbute à jamais.

Les deux autres Mariamnes prennent ce canon où il doit être pris, & lui chantent pendant quelque temps, il est interrompu par Mariamne l'étourdie.

MARIAMNE l'étourdie.

Que je culbute moi ? me prenez-vous mes mignones pour une Princesse à culbutes ? oh ! je vous culbuterai vous-mêmes, & présentement : *

Elles se battent toutes les trois.

ALEXANDRE *pleurant.*

Oh! les effrontées! défendons ma mere, c'est mon mêtier. **

Il se mêle dans le combat.

Mariamne l'inconnuë se retire la premiere du combat, & se racommode à part ; Mariamne l'étourdie poursuit Mariamne la jeune & son fils jusques dans les coulisses.

MARIAMNE l'étourdie *les poursuivant.*

Tiens, tiens, prens ceci pour l'Anniversaire de la premiere representation.

MARIAMNE l'inconnuë *seule.*

Je me suis retirée la premiere du combat ; c'étoit à moi d'être la plus sage. Je l'ai été jusqu'à présent, puisque je n'ai pas encore paru sur le Théatre.

MARIAMNE

MARIAMNE l'étourdie *revenant.*

Je sçavois bien moi, que je houspillerois cette pleureuse-là.

MARIAMNE l'inconnuë.

Air. Reveillez-vous, &c.

Ma foi si l'on fait vôtre histoire
Un Chansonnier s'en munira ;
Nous pouvons compter qu'à la foire
Bientôt on nous couplettera.

MARIAMNE l'étourdie.

Air du mirliton.

Non, je suis trop en colere
pour contraindre mon chagrin :
Non, je ne sçaurois me taire
Dût-on me mettre demain
Toute en mirlitons, mirlitons mir-
mirlitaines,
Toute en mirlitons dondon.*

* Mariamne l'inconnuë rit.

Je pense que vous riez de moi sous cape. Oh ! je veux regaler le Public d'un abatis de Mariamnes. *

Elle bat Mariamne l'inconnuë, & se retirent toutes deux en se battant.

FIN.

JE soussigné, Me. ès Arts en l'Université de Paris, ay lû par ordre de Monsieur le Lieutenant General de Police, un manuscrit qui a pour titre : *Les quatre Mariamnes, Opera comique.* Dont on peut permettre l'impression à Paris, ce vingt-cinq Mars mil sept cens vingt-cinq.

PASSART.

PErmis d'imprimer, ce 26. Mars 1725.

RAVOT D'OMBREVAL.

www.ingramcontent.com/pod-product-compliance
Ingram Content Group UK Ltd.
Pitfield, Milton Keynes, MK11 3LW, UK
UKHW031057260726
13965UKWH00006B/1776

9 782013 055321